Der Kornkreis

THOMAS TIPPNER

Der Kornkreis
Thomas Tippner

1. Ausgabe

ISBN: 978-3-7412-8016-0

© 2016 by Thomas Tippner

Die Buch- und Cover-Rechte liegen beim Autor. Das Werk ist urheberrechtlich geschützt. Jede Verwertung und Vervielfältigung – auch auszugsweise – ist nur mit ausdrücklicher schriftlicher Genehmigung des Autors gestattet. Alle Rechte, auch die der Übersetzung des Werkes, liegen beim Autor. Zuwiderhandlung ist strafbar und verpflichtet zu Schadenersatz.

Bibliografische Information der Deutschen Nationalbibliothek: Die Deutsche Nationalbibliothek verzeichnet diese Publikation in der Deutschen Nationalbibliografie; detaillierte bibliografische Daten sind im Internet über http://dnb.d-nb.de abrufbar.

Herstellung und Verlag: BoD - Books on Demand, Norderstedt

war kalt. Unangenehm kalt. So kalt, dass man glaubte, einem würde der Arsch abfrieren. Dabei war es gerade einmal erst Mitte September. Allan Rush knurrte, während er auf dem zerfetzten und zerfledderten Sitz seines alten Traktors John Deere hin und her rutschte und es bereute, niemals in die Isolierung der Fahrerkabine investiert zu haben. Und er knurrte, weil ihm die Kälte dermaßen auf den Sack ging, dass er sogar angefangen hatte, über das Wetter zu schimpfen. Eine Eigenart, die der Farmer sich bisher immer verkniffen hatte.
Es gab nichts Schlimmeres, wie er fand, als sich über ein paar Wolken am blass blauen Himmel zu beschweren.
Er hatte immer in Michaels Bar darüber gelacht, wenn die Alten von ihren Wettergeschichten, wie er es nannte, erzählten. Ja, sie konnten allerlei vom Stand der Sonne, von der Stärke des Windes oder dem Geruch der Luft ablesen. Alles Scheiße, wie Allan fand, und doch fragte er sich jetzt, als er den grauen, beinahe schwarzen Himmel beobachtete, was die Alten wohl dazu gesagt hätten.
Irgendeine Katastrophe würde über sie hereinbrechen. Vielleicht der Untergang der Welt oder die Apokalypse, weil der Wind es gewagt hatte, einige Maispflanzen umzuwehen und sie dann auch nach Richtung Hill Valley trugen.
Bei den alten Säcken war alles möglich.
Und während Allan Rush sich diese Gedanken machte, schaukelte er auf dem Bock des Traktors immer wieder hin und her. Dabei ärgerte er sich weiter über die Kälte und stellte sich jetzt schon darauf ein, dass er gleich, wenn er die Hügel um Carfiff passierte, ordentlich durchgeschüttelt werden würde. Er hatte schon mehr als einmal bei der Ratssitzung

darauf hingewiesen, dass die Straßen ausgesprochen schlecht waren. Und hier, bei den Carfiff Hills gab es solche tiefen Schlaglöcher, dass er jedes Mal, wenn er zu seinen Feldern tuckerte, Angst um die Stoßdämpfer seiner heiß geliebten Maschine haben musste.
Als der Ruck durch den Traktor ging, zeichnete sich am dunklen Himmel ein noch dunklerer Schatten ab. Ein Schatten, den Allan Rush zunächst gar nicht wahrnahm. Und dann fragte er sich, als der Schatten größer wurde, wie er ihn nicht hatte bemerken können. Denn er hob sich gegen den Lauf der tief am Himmel entlang ziehenden Wolken deutlich ab. Ein Schatten, der ihn erst verwirrte, dann erschreckte.
Denn der beinahe kreisrunde, sich immer schneller bewegende Schatten hatte etwas an sich, das sich Allan nicht erklären konnte. Etwas, das ihn mit einem Schauer der Angst durchschüttelte, was ihn noch mehr verwirrte. Allan hatte keine Angst. Vor gar nichts. Noch nie gehabt. Selbst vor vier Jahren nicht, als es hieß, ein entlaufener Kinderschänder würde sich in den Daraneck Wäldern verstecken. Ein Kinderschänder, der vor dem Gebrauch von Schusswaffen nicht zurückschrecken würde. Allan schreckte davor ebenso wenig zurück, wie die Missgeburt damals.
Und deswegen hatte er sich mit seinen Hund Buck, der seit letztem Frühling tot war, auf die Suche nach dem verfluchten und zum Teufel gewünschten Kinderficker gemacht – um ihm eins mit seinem doppelläufigen Schrotgewehr gehörig auf den Pelz zu brennen. Denn in Allans Augen durften solche Menschen nicht leben. Nein, sie sollten vielmehr leiden. Den ganzen Hass der Gesellschaft und die Schläge der Selbstgerechten erfahren. Schläge, die ihnen jeden Knochen einzeln und doppelt im Körper brachen. Dazu sollte man ihnen ihre Pimmel so langsam und genüsslich abschneiden,

dass sie vor Schmerzen glaubten ohnmächtig zu werden, ohne es aber zu werden.
Denn sie sollten ebenso leiden wie ihre unschuldigen, armen Opfer. Nur mit der Tatsache, dass sie das Leid aller ihrer Opfer am eigenen Leib erfahren sollten – ja mussten.
Und genau wie damals, als er durch die Wälder streifte und die ihm bekannten Jagd- und Vergnügungshütten ablief, immer darauf gefasst, in einen Schusswechsel zu geraten, fühlte er sich auch jetzt. Da war ein unangenehmes Ziehen und Kribbeln in seinem Nacken. Eine Art Aufregung, die ihn unentwegt mit umher schwirrenden Gedanken und Sinneseindrücken bombardierte, sodass er sich kaum noch konzentrieren konnte. Wie damals fühlte er auch heute einen unerträglichen Druck in seinem Inneren.
Ein Druck, den er nur loswerden konnte, indem er irgendetwas mit seinen Händen anstellte, bearbeitete oder verbog. Er musste mit der in ihm wohnenden überschüssigen Energie irgendwo hin. Deswegen umklammerte er das Lenkrad seines Traktors noch fester. Am liebsten hätte er den abgenutzten und abgegriffenen Lenker zu einer Acht gebogen. Denn der sich in den Wolken abzeichnende Schatten nahm immer mehr an Größe zu. Er bedeckte jetzt schon beinahe das gesamte Gesichtsfeld des fetten, langhaarigen Allan, der seine Gedanken nicht mehr kontrollieren konnte.
Der nicht begriff, was sich da über ihm abspielte.
Blitze begannen in den Wolken zu zucken. Seltsamerweise rasten sie nicht wie bei einem regnerischen Gewittersturm üblich dem Boden entgegen. Nein, er konnte deutlich sehen, wie sie horizontal und vertikal durch die immer dichter werdende Wolkenmasse rasten. Sie wurden auch nicht von dem dumpfen, grollenden Donner begleitet, den sie sonst immer verursachten. Nein, sie zogen nur ein permanentes, die

Nerven zerreißendes Surren hinter sich her, sodass Allan unwillkürlich an Strommasten denken musste.
Was sollte das?
In was war er hier hineingeraten?
Doch die Apokalypse?
Der Weltuntergang?
Waren da einige der Maispflanzen gebrochen und flogen ihre Kolben Richtung Hill Valley? Der Schlag, der Allan durchfuhr, als sein Traktor ein immer tiefer werdendes Schlagloch mit den Vorderreifen passierte, ließ seine Gedanken wieder in die Realität zurückkehren. Gedanken, die sich noch immer an den sich vergrößernden Schatten klammerten und ihn verzweifelt hoffen ließen, es nur mit einem Wetterphänomen zu tun zu haben.
Zum Teufel damit!, dachte er, als er von der Wucht des sich plötzlich zur Seite verlagernden Traktors nach vorne geschleudert wurde. Dann kam der zweite Ruck, als die Hinterräder durch das Loch fuhren. Allan keuchte. Er klammerte sich an das Lenkrad. Dann hatte er die oberste Spitze des Cardiff Hills erreicht, und der Schatten, den er eben noch in den Wolken gesehen hatte, war plötzlich so präsent, dass Allan ihn nicht mehr ignorieren konnte.
Die Dunkelheit begann, wie es schien, eine Windhose zu bilden, deren schlauchartige Verbindung zur Erde sich genau auf seinem Kornfeld bildete. Und es war ihm, als ob aus den Schatten etwas zur Erde gleiten würde.
Das aber, was ihn noch mehr verwirrte, als er seine Blicke gen Himmel richtete, war, dass die Wolken angefangen hatten, sich im Kreis zu drehen. Hatten sie sich eben noch zielsicher auf Hill Valley zubewegt, so war ihr Flug plötzlich verzögert und in eine andere Richtung gelenkt worden. Dabei blies der Wind

weiter und bildete eine Windhose aus, die es wagte, sich auf seinem Feld zu manifestieren.
Manifestieren?
Scheiße… So ein verkacktes Wort habe ich noch nie gedacht, geschweige denn irgendwann einmal in gesprochenen Lauten benutzt. Kacke. Was soll das alles überhaupt? Was ist das für eine Pisse, die sich da vor mir abspielt. Dreckskackpisse, Mann!
Trotz seiner in ihm aufsteigender Zweifel und seines sich immer stärker in ihm ausbreitenden Unwohlseins, tuckerte sein Traktor immer weiter auf das Feld zu. Längst hatte er den abschüssigen Teil des von dichten Wäldern umgebenen Hills Way erreicht. Das vor Allan liegende Tal, in dem seine Felder lagen, war, in eine bleierne, dunkle Schwärze getaucht, wie er sie selbst in den tiefsten Wintern nie erlebt hatte. Es war so dunkel geworden, dass selbst die eigens montierten Scheinwerfer auf dem Dach seines Traktors die Dunkelheit kaum noch durchdringen konnten. Hier und da rissen sie vereinzelnde Fetzen der Schwärze auseinander, um dann in ihr zu versinken.
Sie werden gefressen!, dachte er erschrocken und begann sich zu schütteln.
Die Kälte wurde immer unerträglicher. Sie hatte er beinahe vergessen, in seiner aufkommenden Verwirrung. Aber jetzt, wo ein Windstoß, der direkt von dem Feld auf ihn zugekommen war, den Traktor schüttelte, und durch alle Fugen und Risse zu ihm eindrang, bemerkte er sie wieder. Und er bemerkte, was sie mitgebracht hatte. Was sie mit dem einfachen Glas des Traktors anstellte.
Kleine, glitzernde Eiskristalle bildeten sich nach und nach, wie von Geisterhand gezeichnet, an dem Glas. Erst hatte es in der obersten, linken Ecke begonnen, um sich dann längs über die ganze Scheibe auszubreiten.

Als ob es Regentropfen wären, die sich noch beim Aufprall auf die Fensterscheibe in Eis verwandelten, überzogen die silbern glänzenden Kristalle einfach alles. Und es wurde kalt. Eiskalt. So kalt, dass der in der kleinen Kabine sitzende Allan Rush zu zittern begann. Sein blauer, ausgefranster Overall hielt keine Kälte ab. Warum auch?
Dafür war der Overall ja auch gar nicht gedacht. Außerdem sollte es nicht kalt, sondern warm sein.
Scheiße Mann, es sollte so warm sein, dass die Pisse beim Austritt aus der Harnröhre verdunsten würde.
Aber es war kalt. Scheiß kalt. So kalt, dass Allan Rush glaubte, in der Kabine seines Traktors erfrieren zu müssen.
Das aber, was ihn am meisten störte, war, dass er durch die verdeckte Frontscheibe gar nichts mehr erkennen konnte. Nur noch verschwommen und zerfasert nahm er die Windhose wahr, die, seltsamerweise, immer noch auf ein und denselben Punkt ausgerichtet war. Seitdem er wie ferngesteuert auf sie zusteuerte, hatte sie ihre Position nicht um einen Millimeter verändert.
Und das auf seinem Feld. Auf seinem gottverdammten, eigenen Feld, mit dem er seit Jahren versuchte seine Familie zu ernähren. Sein Feld… Scheiße Mann, es war sein Feld, das er seit Jahren bewirtschaftete, beackerte und mit so viel Hingabe und Leidenschaft versorgte, dass er sich manchmal fragte, warum der Liebe Gott es nur immer wieder zuließ, dass er sich an dem verschissenen Preiskampf der Getreidezüchter beteiligen musste.
Er liebte sein Feld, Mann. Er liebte es so sehr, dass er am liebsten nur für seine Familie und sich gesorgt hätte. Aber die verschissenen Schulden und die von den Banken diktierten Hypotheken für Haus und Hof ließen ihm keine andere Wahl

– er musste um jedes verkaufte Pfund feilschen und hoffen, dass er das Beste für sich herausholte.

Und jetzt stand da eine sich nicht vom Fleck bewegende Windhose über seinem Feld.

Eine Windhose, die aus einer hinter der sich im Kreis drehenden Dunkelheit kam, die Allan innerlich zusammenkrampfen ließ.

Eine Windhose, die ihn so sehr beeinflusste, dass er die Fahrt mit seinem Traktor einfach nicht stoppte. Die ihn immer weiter auf sich zutuckern ließ. Was waren schon Zäune? Wofür brauchte man sie, wenn man sie mit einem John Deere ohne mit der Wimper zu zucken durchfahren konnte?

Allan blinzelte, als er die Grenze seiner Felder erreichte, oder zumindest meinte sie zu erreichen. Denn sehen konnte er schon lange nicht mehr. Und er begann zu zittern, als er das statische Knacken über sich hörte, der Motor des Traktors plötzlich ausging, und sich alles in eine gespenstische, ihm nicht zu erklärende Stille hüllte …

*

Jeder kannte Mandy Rush! Jeder wusste, wie leicht sie damals zu haben gewesen war. Eine Matratze, wie man sagte, auf der man sich gerne zur Ruhe legte. Jetzt aber hatte das Alter bei ihr, sowie die Geburt ihrer fünf Kinder, harte Spuren in ihrem sanften Gesicht hinterlassen. Die früher ebenmäßigen Züge hatten ebenso ihre Form verloren wie der ehemals feste und übergroße Busen. Jetzt, als sie durch die Tür des kleinen Store trat, eine unangenehme, eisige Kälte mit sich brachte, sah man zwar noch immer die gewaltigen Wölbungen unter der billigen Daunenjacke, wusste aber auch, dass der Busen längst an Spannkraft verloren hatte.

»Mandy«, begrüßte Ringo die alternde Schönheit, und schaute, ebenso wie die andern vier Männer, zu der grell blond gefärbten Frau auf. Die, noch immer in sich zusammengesunken, um sich vor der Kälte zu schützen, schloss die Tür hinter sich mit einem leisen Gebimmel der am Türrahmen angebrachten Glöckchen. Und jeder hörte, als Ringo seine Stimme erhob, wie sich in sie ein mitleidiger, ein beinahe trauriger Klang geschlichen hatte. Denn jeder wusste, wie schwer Mandy es zurzeit hatte. Nicht nur, dass der Kleinste ihrer fünf Kinder, der schwächelnde Mike, schwer krank war. Nein, es ging in seiner Begrüßung ebenso um Mandys Mann. Natürlich tat jedem Mike leid. Der Junge war mit einem schweren Herzfehler zur Welt gekommen, konnte kaum atmen, geschweige denn sich bewegen. Er wurde meistens getragen, und war so ausgemergelt und ausgezehrt, dass er eher an einen drei- als an einen fünfjährigen erinnerte.
Und jetzt, als Mandy sich umdrehte, sah man die tief um ihren Mund liegenden Falten so deutlich, dass man sich eher an Gräben erinnert fühlte. Gräben, in denen sich nicht eine wilde, verführerische Landschaft zeigte, sondern die karge, trostlose Wirklichkeit der zurückliegenden, ausgebeuteten Jahre.
Obwohl sie noch immer den Schein der zurückliegenden Schönheit trug, der sie damals als junge Frau ausgezeichnet hatte, war sie nun nur noch ein Schatten ihrer selbst. Die vollen Lippen waren, wie damals, geschminkt, wirkten jetzt aber eher verdeckend als untermalend. Das gleiche bei ihren stumpf gewordenen, blauen Augen. Hatten sie früher vor Lebenslust und einer gern zur Schau gestellten Dummheit geleuchtet, so sah man in ihnen jetzt die harten Momente eines zurückliegenden, bedauernswerten Schicksals. Da schimmerte zwar noch immer ein heller, bedeutender Schein, aber kein

Schein, der einen Mann um den Verstand bringen konnte. Nein, es war ein Schein voller entbehrungsreicher Sorge.
Sorge um Mike…
…und Sorge um…
Keiner der hier anwesenden Männer wollte den Gedanken zu Ende denken. Denn jeder wusste, dass es nichts Gutes bedeutete, wenn man sich zu viele Gedanken über die am Rande Hill Valleys liegende Farm machte. Es war besser, erst gar nicht darüber zu reden. Denn wenn man darüber redete, wurde es zur Gewissheit, und wenn man Gewissheit hatte, konnte man die Augen davor nicht verschließen.
»Ringo«, flüsterte Mandy, als sie die Kapuze zurückschlug, und die Hände aneinander rieb.
Ihre blonden Haare waren dünn geworden und ließen, wenn das Licht ungünstig fiel, sie aussehen, als ob sie eine Glatze hätte.
»Was kann ich für dich tun?«, wollte Ringo wissen, als er sich nach vorne beugte und auf dem Verkaufstresen abstützte.
»Ich…« begann sie und sprach nicht weiter.
Es schien, als wäre es ihr unangenehm, das auszusprechen, was jeder in dem Store wusste.
»Ist alles gut?« wollte Ringo wissen.
Sie schüttelte den Kopf, während sie ihren Blick senkte.
»Was ist denn?«
Wieder schaute sie zu Boden. Sie schabte mit dem ausgelaufenen, an der Sohle aufgerissenen Schuh über den Boden und schüttelte dann den Kopf. Jeder hier wusste, was sie damit sagen wollte. Es ging niemanden etwas an. Keiner sollte wissen, was in ihr vorging, obwohl jeder es ahnte.
Und obwohl Ringo schon immer als grob und polternd galt, selbst für die Verhältnisse in Hill Valley, hatte er sich eine

Sensibilität bewahrt, die ihn kurz nicken ließ, um dann zu sagen: »Verstehe. Nicht hier.«

Was er genau damit sagen wollte, wusste keiner wirklich, obwohl man sich auch hier wieder etwas denken konnte. Schließlich hatte Ringo damals, als Mandy noch eine Matratze gewesen war, und keinem Mann gegenüber abgeneigt war, der ihr Avancen machte und sehr um sie warb. Und bis heute sah man ihm an, wie sehr an der verblassten Stadtschönheit hing. Ja, man munkelte sogar hinter vorgehaltener Hand, dass die beiden es ab und zu miteinander trieben und dass die Zwillinge nicht von Mandys Mann waren. Denn die beiden hatten nicht das dunkle, volle Haar, die ihre beiden älteren Brüder und Mike besaßen. Ebenso fehlte ihnen das eckige Kinn, das die anderen von ihrem Vater geerbt hatten.

Die typischen Merkmale der Rushs fehlten ihnen einfach. Sie hatten auch nicht das manchmal plumpe, deutlich durchschaubare Gemüt ihrer Geschwister. Während die beiden ältesten sich mit den anderen Kindern der Stadt balgten, stritten und vertrugen, waren die Zwillinge zurückhaltender. So wie Ringo, wenn es darum ging, Ärger aus dem Weg zu gehen. Außerdem hatten sie krauses, braunes Haar, so wie Ringo. Und das, was alle in Hill Valley wussten, aber niemand aussprach, sah man den beiden Mädchen einfach an, eben dass sie keine echten Rushs waren. Sie hatten die weichen, liebenswerten Züge ihrer Mutter, gepaart, mit einem energischen, zielbewussten Ausdruck im Gesicht.

»Mike?«, fragte Ringo, als er um die Verkaufstheke herumtrat.

Wieder schüttelte sie den Kopf.

Nein... natürlich war es nicht Mike. Mike war es in den letzten Wochen und Monaten nie gewesen. Es war immer Allan.

Allan, der seiner einfältigen Frau noch mehr Kummer bereitete, als ihr sterbenskrankes Kind, das sie kaum versorgen

konnten. Das so teuer geworden war, im Unterhalt, in der Versorgung und ärztlichen Fürsorge, dass die schon so karg laufende Farm kaum noch genügend Geld abwarf, um irgendeine Rechnung begleichen zu können.
Das verschissene Versicherungssystem der USA zeigte hier, bei dem kleinen Mike, deutlich auf, wo es in der selbstherrlichen und selbstgefälligen Gesellschaft der Amerikaner mangelte. Und genau das war es, was Ringo auch immer wieder zur Raserei brachte. Warum auch immer er sich für den kleinen Mike interessierte, er sprach oft und gerne über ihn. Besonders dann, wenn die Leute aus Hill Valley ihre Einkäufe beendet hatten und der Store sich in eine kleine, rustikale Bar verwandelte, in der gerne und viel Bier, Whisky und Rum ausgeschenkt wurde.
»Willst du reden?«
Sie nickte wieder. Dabei warf sie den an dem Rundtisch stehenden Männern einen schüchternen Blick zu. Die versuchten desinteressiert zu wirken und waren doch alle bis in die Haarspitzen gespannt. Jeder wollte wissen, was draußen, auf der entlegenen Farm geschehen war.
Schließlich zerrissen sie sich so schon die Mäuler. Besonders die, die in direktem Kontakt zu den Rushs standen. Oder besser gesagt, ihre Kinder, mit denen die Rush-Gören ~~zusammen~~ die Schulbank drückten.
Die erzählten sich merkwürdige Geschichten; Geschichten über seltsame Gerüche, Äußerungen oder Verhaltensweisen der Kinder. Besonders George, der Älteste der Bande, hatte sich auf seltsame Art und Weise verändert. Früher, bevor die Veränderung die Farm ergriffen hatte, war George als Raufbold und Schläger bekannt gewesen. Keines der kleinen Kinder hatte nicht Bekanntschaft mit seinen Fäusten gemacht.

Wie oft Mandy zu der Schulleitung beordert worden war, konnte keiner mehr sagen.
Und was mit dem Jungen genau geschehen war, wusste ~~auch~~ keiner genau zu sagen.
Das, was man wusste, war, dass er nun seit drei Wochen nicht mehr gesehen worden war.
Erst hatte Ester Manrow gemeint, dass ihr kleiner, zarter Billy, der in Wirklichkeit alles andere als zart war, sondern eher fett und unangenehm, weil er so egoistisch war, froh darüber gewesen sei, dass George nicht mehr zur Schule kam. Als dann aber die zweite Woche anbrach, und niemand mehr George gesehen hatte, machte sich selbst Ester Sorgen.
»Der Junge muss doch bald wieder gesund sein«, hatte sie zu Ringo gesagt, als sie sich bei ihm etwas Mehl und Schokocreme kaufte, damit ihr armer, zarter Billy endlich mal wieder Pfannkuchen mit Füllung essen konnte.
»Ist vielleicht ausgerissen«, hatte Ringo gemeint, während er den Einkauf in Tüten verstaute.
»Nein«, hatte sie gesagt und verschwörerisch den voluminösen Kopf geschüttelt, der mit der Turmfrisur immer etwas an Marge Simpson erinnerte. »Sein Bruder hat zu der kleinen Thompson gesagt, dass George genauso seltsam ist wie sein Vater. Und stell dir vor, was die kleine Thompson noch gesagt hat.«
»Was denn?«
Ringo hatte noch immer nicht sonderlich interessiert gewirkt. Die aber, die ihn kannten, hatten genau gesehen, wie er zu Ester schaute, wie er sie musterte und versuchte in ihr zu lesen. Es waren kalte, sezierende Blicke, die er auf Reisen schickte, und die selbst eine immer plappernde und Gerüchte verbreitende Ester für kurze Zeit zum Verstummen brachte. Und erst als Ringo ihr zunickte und sie dadurch aufforderte,

etwas zu sagen, redete sie stockend und meinte: »Rasmus hat gestunken, wie das verendete Reh, das die Kinder bei den Weiden gefunden haben.«
Das war wieder so ein Gerücht …
Es hieß, die Rush Kinder rochen allesamt nach Verwesung.
Leider gab es niemanden, der das Gerücht bestätigen konnte, weil die Kinder, wenn sie denn in die Schule kamen, immer schon fort waren, wenn man sie ansprechen wollte. Selbst die Lehrer meinten, dass sie an die Kinder nicht herankamen. Obwohl sie in der Klasse saßen und zuhörten, war es ihnen, als ob sie nicht zu ihnen durchdringen würden.
Miss Svendson, die Englischlehrerin, hatte sich vor wenigen Tagen mit einer Freundin getroffen, und ihr klammheimlich erzählt, ohne zu wissen, dass Ringo in der gleichen Kneipe gesessen hatte, und sie aus Zufall heraus belauschte, dass die glaubte, die würden sich unsichtbar machen.
»Nicht wirklich unsichtbar«, hatte Miss Svendson gelacht, und es klang so, als würde es jeden Augenblick in Hysterie umschlagen. »Aber es kommt mir wirklich so vor. Immer wenn ich sie ansprechen will, oder sie ermuntern möchte, am Unterricht teilzunehmen, komme ich von meinen Gedanken ab, und vergesse ihn gleich wieder. Erst nach dem Unterricht, wenn ich alleine in der Klasse bin, fällt mir ein, dass ich George nicht einmal richtig integriert habe.«
Und jetzt kam George gar nicht mehr zu Schule…
Ringo hatte das beobachtet. Ja, er hatte Walter Kubik, einem treuen Gast und beinahe schon einem Freund, erzählt, dass er Mittwochs darauf gewartet hatte, dass er Mandy sehen wollte, wie sie Richtung Schule fuhr.
Denn das wäre ein sicherer Beweis dafür gewesen, dass George noch in die Schule ging.

Denn wenn der zerbeulte Ford Cubick an einem Mittwoch Nachmittag Richtung Oxford Street abbog, dann wusste jeder, dass Mandy wieder einmal in der Schule vorsprechen musste, weil ihr rüpelhafter Sohn ein Kind verprügelt, bestohlen oder beides getan hatte.
Und Mrs. Litwick, die Schulleiterin, redete dann wieder einmal mit Mandy und ermahnte sie, dass aus ihrem Sohn, Bengel sagte sie mit voller Absicht nicht, weil sie immer darauf achtete, die richtige Wortwahl zu treffen, nichts werden würde, wenn er so weitermachte wie er es jetzt tat.
Ein Nichtsnutz, der nichts auf die Reihe bekommen würde! So wie dein Vater, wollte man dann sagen, um sich doch selbst den Mund zu verbieten. Schließlich hatte Allan Rush alles versucht, um die Familie, die er zu ernähren hatte, zu versorgen. Auch wenn er kein großes Glück gehabt hatte, in die Waagschale hatte er alles geworfen.
Das war auch sicherlich der Grund gewesen, warum sich die leicht zu beeinflussende Mandy für Allan und nicht für Ringo entschieden hatte. Allan hatte eine große Farm geerbt, hatte Pläne und Ideen gehabt, wie er das Land gewinnbringend bewirtschaften konnte, um das Erbe seines Vaters noch zu vergrößern.
Dass Allan aber alles andere als ein Geschäftsmann war, hatte sich früh gezeigt. Als er dann die ersten Pleiten einfuhr, hatte er noch versucht, einen Unternehmensberater an Land zu ziehen, der ihm die richtigen Impulse vermitteln sollte, um den Karren aus dem Dreck zu ziehen. Dass der Schweinehund aber nur daran interessiert gewesen war, große Rechnungen zu schreiben, anstatt ehrlich zu helfen, hatte das geerbte Vermögen schnell verringert. Und jetzt, zwölf Jahre später, stand die Farm immer kurz davor zwangsversteigert zu werden.

»Dann komm«, sagte Ringo und nickte Mandy zu. Die schloss die Augen, machte einen taumelnden Schritt und wäre sicherlich gefallen, hätte sie nicht geistesgegenwärtig nach einem der Rundtische gegriffen, die überall im Store verteilt standen. Auf dem, nachdem sie griff, hatte Ringo für die Kinder von Hill Valley eine kleine Lollypyramide aufgebaut sowie kleine Plastikboxen, aus denen sie sich die silbern glänzenden Baseballkarten nehmen konnten.
Und als Mandy nach der Tischkante griff, riss sie eine der Pyramiden um und verrückte die Plastikboxen.
»Es geht schon«, stammelte sie, als sich Zak Grownhorse von seinem angestammten Platz erheben wollte, um ihr zu helfen. Sie lächelte ihn an, so wie sie damals immer gelächelt hatte. Offen, fröhlich, etwas dümmlich, aber verführerisch. Und doch… jetzt gab es da etwas in ihrem Lächeln, das nichts mehr ausdrückte oder versuchte zu zeigen. Es war ein Lächeln ohne Leidenschaft.
»Willst du was trinken?«
»Whisky«, murmelte sie und richtete sich wieder auf.
»Mit Eis?«
»Ohne!«
»Gerne«, nickte Ringo und tat so, als ob er die anderen Männer gar nicht kennen würde. Er war ganz und gar auf Mandy konzentriert. Er ließ sie nicht eine Sekunde aus den Augen, schien es nicht zu wagen, sie unbeobachtet zu lassen.
Und während sie taumelnden Schrittes auf die Verkaufstheke zukam, griff er, ohne hinzusehen, nach einem Glas, das unterhalb des Tresens stand. Als er die Hände wieder hob, hatte er eine Flasche vom guten alten Jim Beam hervorgeholt und vor sich gestellt.
Mandy hatte immer Jim Beam getrunken, manchmal sogar bis zur Besinnungslosigkeit.

Ja, sie war bekannt als Matratze, Partymaus und Trinkerin…
Nicht solch eine Trinkerin, die morgens noch besoffen aus dem Bett fiel. Nein, das war sie nicht. Aber wenn es etwas zu feiern gab, dann konnte man sich sicher sein, dass Mandy in vorderster Front stand und am meisten lachte, am längsten auf der Tanzfläche war und es nicht bei einem Glas des guten, alten Jim Beam belassen konnte.
Und jetzt, als sie auf Ringo zu taumelte, hatte sie die Augen weit aufgerissen und ihre Blicke auf nichts anderes gerichtet als auf das sich immer weiter füllende Whiskyglas.
»Hier«, sagte Ringo und schob es Mandy entgegen.
»Danke«, flüsterte sie und hob das Glas an, um es dann gierig mit einem Schluck zu leeren.
»Dann komm«, meinte Ringo und warf Walter Kubik einen warnenden Blick zu. Ein Blick, den der hagere Mann verstand. Er drehte sich, ohne etwas zu sagen, von seinen drei Kumpels weg und ging dann, schweren Schrittes, weil er immer die ledernen Arbeitsschuhe trug, zur Tür. Jeder seiner Schritte machte einen unsagbaren Lärm und war doch in Hill Valley alltäglich. Und als Ringo mit Mandy in das Hinterzimmer seines Stores verschwand, die Tür leise und diskret schloss, erreichte Walter die Tür und schloss sie ebenfalls ab.
Das Schild mit der Aufschrift ›Open‹ drehte er in einer Bewegung um.
Closed!
Ja… irgendwie war, seit draußen auf der Farm sich etwas zugetragen hatte, alles *closed*. Jeder war geschlossen, oder besser gesagt, verschlossen.
Hill Valley hatte sich verändert.
Und das nicht zu seinem Besten…
Die Männer nickten sich zu, nippten schweigend an ihrem Bier und hingen allesamt ihren Gedanken nach.

Erst als Walter zu ihnen getreten war und sie verstohlen herunterschluckten, fragte Theodor Watson leise: »Was wohl ist?«

»Nichts«, meinte Zak und wiegte den Kopf hin und her. »Wie immer. Ist dein Köter wieder da?«

Die Frage richtete er an Lucas Smith, den fettesten Mann in Hill Valley. Ein Mann, der nicht sonderlich beliebt, aber doch unersetzlich war. Warum auch immer, er hatte immer etwas, das einer der Farmer oder Handwerker für einen Bau oder Reparatur gebrauchen konnte. Und so sah man großzügig über seine Geltungssucht und Wichtigtuerei hinweg und sah ihn immer gerne als Skatpartner oder guten Freund.

»Seit drei Tagen nicht gesehen, das Scheißvieh«, grunzte Smith und wischte mit der Hand durch die Luft, als wollte er die Frage beiseite wischen. »Ob es um George geht?«

Walter schüttelte den Kopf: »Nie.«

»Es ist was anderes«, nickte Zak, der sich über die Lippen leckte und blinzelte, als er fortfuhr. »Die Gören hat sie immer versucht aus allem herauszuhalten.«

»Stimmt«, flüsterte Theodor. »Von ihnen haben nur die anderen Kinder gesprochen.«

»Allan?«, vermutete Smith, und griff nach einem Lolli, der aus der Pyramide gefallen war, nachdem Mandy beinahe stürzte.

»Kann sein«, murmelte Walter, der sich sichtlich unwohl fühlte. Seine Blicke wanderten von den drei Männern hin zur Tür, die er gerade eben abgeschlossen hatte. Und alle, die seinen Blicken folgten, sahen, dass der Himmel wieder angefangen hatte sich zu verdunkeln. So wie damals, als alles begonnen hatte.

*

»Ich hole die Zwillinge«, hörten die Männer Mandy nach unendlich langer Zeit sagen, und atmeten, überraschenderweise, erleichtert aus. Keiner konnte genau sagen, warum sie es taten, aber die Tatsache, dass Mandy den Store verlassen wollte, so klang es auf jeden Fall, sorgte dafür, dass die vier Männer sich entspannten.
»Mach das«, sagte Ringo knapp und ging wieder zu dem Tresen, wo er vorhin schon gestanden hatte. Dabei erinnerte er an einen schlechten Witz, in dem jemand unbedingt wollte, dass eine skurrile Situation lustig wirkte. Hier aber gelang es nicht. Denn jeder wusste, dass sich draußen, abseits von Hill Valley, etwas ereignet hatte, das anders war, als die Gerüchte um nach Verwesung riechenden, sich unsichtbar machenden oder gar nicht mehr in der Schule erscheinenden Kindern.
Nein, hier passierte etwas, das Walter Kubik ebenso erschreckte wie Theodor Watson, Lucas Smith oder Zak.
»Was hat sie gesagt?«, fragte Walter, als Mandy, ohne sie eines Blickes zu würdigen, die Tür aufgeschlossen und hinaus in den eiskalten Sturm getreten war.
Ringo schaute zunächst nur auf. Er wirkte nicht so, als würde er etwas sagen wollen. Als er es dann doch tat, schnürte sich Walters Kehle zu: »Kommst du mit?«
»Wohin?«
Dabei wusste jeder im Store, was Ringo meinte.
Keiner hier wollte es wissen, keiner in Hill Valley, wollte jemals etwas von dem gehört haben, was draußen, an den Cardiffs Hills geschehen war. Und doch hofften sie insgeheim, dass Ringo irgendetwas anderes meinte. Irgendetwas… Wie die Schweinefarm von O´Toole, weil er mal wieder seine Frau verprügelt hatte. Oder dass sie zu der alten, versoffenen Mrs. Warwick mussten, weil sie mal wieder ungebremst auf die

Fresse geflogen war und sich das ganze Gesicht aufgeschlagen hatte.
Aber als Walter die Frage stellte, da sah nicht nur er, wie sich ein bitterer, ein beinahe trauriger Ausdruck auf die Züge ihres Freundes und Gastwirtes legte.
»Was willst du da?«, wollte Zak mit heiserer Stimme wissen.
»Nach dem Rechten sehen.«
»Nach dem Rechten sehen?« Lucas Smith, noch immer mit dem Lolli im Mund, machte einen Schritt zurück und zog die Winterjacke XXXXL fester um seinen massigen Körper.
»Was hat sie dir gesagt?« Er schluckte und schien sich kurz nicht zu trauen, weiter zu sprechen. Dann aber, als er die Blicke der anderen bemerkte, fühlte er sich, wie es schien, dazu genötigt, weiterzureden. Schwer seufzend sammelte er all seinen Mut und flüsterte mehr, als dass er sprach: »Hat sie dir gesagt, was genau vorgefallen ist?«
Ringo presste die Lippen aufeinander. »Kommst du nun mit oder nicht?«
Walter verschluckte sich und sah aus, als würde er einen Anfall bekommen. Alle Farbe wich ihm aus dem Gesicht.
»Was ist mit den anderen?«, wich er Ringos Frage aus.
»Scheiße, Mann, was hat sie gesagt?«, konnte Theodor, der schweigsamste der vier Gäste, nicht mehr an sich halten. Dabei streckte er seinen faltigen, dürren Hals so weit vor, dass es beinahe so aussah, als würde ihm ein weiterer Halswirbel wachsen. Seine Augen waren geweitet, seine eingefallen Wangen zitterten und das schüttere, graue Haar sah aus, als wollte es sich vor Angst und Schrecken aufrichten.
»Allan!«
»Das ist alles?« In Walters Stimme hatte sich ein unangenehm klingendes Kratzen geschlichen. Es erinnerte an rostiges Eisen, das wieder und wieder übereinander geschoben wurde.

»Reicht das nicht?«
»Deswegen greifst du nach deinem verschissenen doppelläufigen Schrotgewehr?«, schrie Lucas, der nicht mehr an sich halten konnte. Dem die blanke Angst ins Gesicht geschrieben stand.
»Ja.« Ringo nickte.
»Was hat sie dir erzählt?«
Ringo schaute Walter durchdringend an. Der machte einen halben Schritt zurück, schüttelte den Kopf und begann leise zu wimmern und zu murmeln.
»Allan ist zum Feld unterwegs.«
»Scheiße«, Zak keuchte.
»Deswegen das Gewehr.«
»Es ist doch gut, wenn er mal wieder rausgeht«, versuchte Theodor der abstrakten Situation etwas Gutes abzugewinnen. Dass es ihm nicht gelang, war ebenso bedeutsam wie niederschmetternd. Denn jeder wusste, dass das etwas zu bedeuten hatte. Denn seit dem Tag, als das Unwetter zum ersten Mal über Hill Valley hinweg gezogen war, hatte es begonnen. Und jetzt, als sich wieder eines zusammenbraute, kam der verfluchte Hurensohn eines Loosers aus seiner Farm gekrochen, und machte sich genau dorthin auf den Weg, wo die Veränderung ihn und seiner Familie ergriffen hatte.
»Kommst du mit?«
Ringo schaute nicht auf, als er die Frage stellte. Wie selbstverständlich entriegelte er das Schrotgewehr, klappte den Lauf nach vorne und fügte die Patronen ein.
»Weißt du«, brabbelte Theodor, ohne den Satz zu beenden, und senkte schließlich den Kopf.
»Musst du nicht.«
»Ich weiß.«
»Aber?«

Das Schrotgewehr war geladen und rastete mit einem endgültig klingenden Laut ein.

»Bin dabei«, flüsterte Theodor wie ein zum Tode verurteilter Sträfling, der gerade von seinem Gefängniswächter erfahren hatte, dass es heute, zu dieser Zeit, in diesen Moment, kein Zurück mehr gab. Der Weg über die grüne Meile würde beginnen. Hier und jetzt. Nicht aufschiebbar.

»Dann nimm das hier.«

Theodor ging mit hängenden Schultern zu Ringo und griff mit zitternden Händen nach dem ihm gereichten Gewehr.

»Muss das wirklich sein?«

»Keine Ahnung«, Ringo zuckte mit den Schultern. »Sicher ist sicher.«

»Was hat sie dir erzählt?«, wollte Lucas noch einmal wissen, ohne dass Ringo darauf einging.

»Was ist mit dir?«

»Kann euch doch nicht alleine lassen«, murmelte Zak und starrte wie hypnotisiert auf das in Theodors Händen liegende Gewehr.

»Ich geb dir auch eins. Und du?«

Walter nickte nur, ohne etwas zu sagen. Und auch er bekam ein Gewehr das so schwer wog, dass er glaubte, es nicht lange halten zu können.

»Du auch?«, fragte Ringo Lucas.

»Niemals«, schüttelte der den Kopf. »Das könnt ihr vergessen. Mich bekommen keine zehn Pferde hinaus zu den Feldern. Könnt euren Arsch alleine in Gefahr bringen. Aber meiner bleibt schön hier.«

»Wie passend.«

»Passend?«, fragte Lucas mit erstickt klingender Stimme. Er wusste, noch bevor Ringo gönnerhaft zu lächeln begann, dass er aus der Sache nicht mehr herauskommen konnte. Dass es ihm unmöglich war, sich nach Hause zurückzuziehen, um sich vor lauter Angst Tortillas zu machen und sie gierig in sich hineinzuschlingen.

»Mandy kommt«, erklärte Ringo und zeigte auf die Tür, die sich im gleichen Augenblick mit einem sanft klingelnden Ton öffnete.

»Und das heißt was?«

»Hier sind die Kinder«, murmelte sie, ohne aufzuschauen.

Es waren weder George, Ulysses oder Mike. Nur die beiden schüchtern wirkenden, rothaarigen Zwillinge Nora und Mia. Sie waren ebenso billig und einfach angezogen wie ihre Mutter. Ihre Schuhe waren ausgelatscht, die Strumpfhosen, mit dem Karomuster, viel zu dünn für das Wetter und den rosafarbenen Handschuhen aus einem 1 Dollar Shop sah man an, dass sie nicht wärmten.

Aber Eltern, die kein Geld hatten, sagten sich selber, wieder und wieder, dass sie ihre Kinder ausreichend gegen die verfluchte Kälte da draußen schützten. Dass sie alles Mögliche taten, damit sie ihre Kinder im Winter, scheiße Mann, es war erst Oktober und wir redeten schon vom Winter, ausreichend schützten.

Dass die Finger ihrer Kleinen aber dennoch blau vor Kälte waren, entging ihnen ebenso wenig, wie jedem anderen, der die Gören sah.

Das aber, was die Männer im Shop am meisten erschreckte, war die Tatsache, dass die beiden Mädchen unangenehm rochen. Sie strömten einen Geruch von Verwesung aus.

Es war ein dumpfer, ein muffiger Geruch, der nicht nur Lucas Smith zum Würgen brachte.

»Du passt auf sie auf«, befahl Ringo und kam hinter dem Tresen hervor, ohne einen Widerspruch zu dulden, das »Aber« von Lucas mit einer Handbewegung energisch abtat.

Der Geruch war so ekelhaft, dass man unbewusst anfing, in die dunklen Schatten des Stores zu schauen, um nach dem verendeten Vieh zu sehen, das hier irgendwo liegen musste.
»Du passt auf sie auf.«
»Was ist mit ihr?«, kreischte Lucas, während seine Stimme sich zu überschlagen drohte. Und dann, als Lucas mit seinem zitternden Zeigefinger auf Mandy deutete, da war es, als ob der Wind den unangenehmen Geruch noch einmal aufwirbelte und ihn in die Nasen aller trieb. Und jeder, wirklich alle, wandten die Köpfe ab, um nicht zu den beiden Mädchen schauen zu müssen, die so sehr stanken, dass man am liebsten kotzen würde.
»Sie kommt mit«, nickte Ringo, der sich als erstes wieder gefangen hatte. »Sie kennt ihren Mann und ihre Jungs am besten.«
»Die Jungs sind auch mit zum Feld?«, wollte Zak wissen.
»Ändert das was an unserem Vorhaben?«
»Nein«, schüttelte Zak den Kopf, und auch die anderen umfassten die Griffe ihrer Gewehre fester.
Und als sie nacheinander, wie eine Entenfamilie, den Store verließen, den hoffnungslos überforderten Lucas Smith mit den Zwillingen alleine zurückließen, zuckten sie noch einmal alle zusammen. Nicht, weil der eisige Wind deutlich aufgefrischt hatte und in den Wolken die Blitze waagerecht durch die Dunkelheit tanzten. Nein, es war die Frage, die Mia mit ihrer sanften, zarten Stimme stellte. Eine Stimme, die so zerbrechlich war, dass man sie immer überhörte, wenn sich mehrere Menschen miteinander unterhielten. Jetzt aber schnitt sie wie ein Messer durch Fleisch und ließ jeden der Männer ahnen, auf was sie sich eingelassen hatten.
»Sie werden Daddy und den Jungs doch nichts tun, oder?«

*

Die Kälte war unerträglich. Sie kroch, obwohl die Männer allesamt in dicke Felljacken und wasserundurchlässige Hosen gekleidet waren, in jede sich bietende Ritze und Fuge. Walter, der neben Ringo vorne im Jeep saß, beobachtete nicht zum ersten Mal, wie sich Eiskristalle auf der Windschutzscheibe sammelten und auszubreiten begannen.
Obwohl Ringo den Heizlüfter auf maximale Wärme geschaltet hatte und unentwegt die Wärme auf die Frontscheibe lenkte, konnten sie der sich immer weiter ausbreitenden Kälte nichts entgegen setzen.
Und jetzt, als sie im Jeep saßen, sich jeder seine Gedanken machen konnte, fiel Walter wieder ein, wie Mandy sich von ihren beiden Töchtern verabschiedet hatte. Es war ihm jetzt, als ob es nicht nur ein kurzer Wink gewesen war, der so viel sagte wie: »Ich bin schnell beim Einkaufen, komme gleich wieder. Hab euch lieb.« Nein, es hatte anders gewirkt. Ganz anders. So, als ob sie sagen wollte: »Ich liebe euch von ganzem Herzen und ich hoffe, wir sehen uns auf der anderen Seite wieder.«
Aber auch die anderen waren verändert. Jeder hing seinen Gedanken nach, ohne den anderen daran teilhaben zu lassen. Es war ein merkwürdiges Einsteigen in den Jeep gewesen. So als ob sich jeder noch einmal alles genau einprägen wollte. Gerade so, als ob die Möglichkeit bestand, Hill Valley niemals wieder zu sehen.
Und während Walter sich solche Gedanken machte, erreichten sie die Stelle mit dem immer tiefer werdenden Schlagloch. Der Jeep nahm das Loch voll, begann jedoch zu ächzen und zu knirschen, drohte dabei auseinander zu fallen.

Walter griff, wie auch Zak, instinktiv nach einem sicheren Halt, während Theodor und Mandy das Durchfahren des Loches mit einem herzhaften Stöhnen kommentierten, das aus dem Bereich der angegriffenen Ischiasnerven kam. Der einzige, der sich weder an der Kälte noch an dem Schlagloch zu stören schien, war Ringo.
Er hatte seine Blicke geradeaus gerichtet, hin zu dem Feld, das nun vor ihnen lag und es war eingehüllt in immer dichter werdende Dunkelheit. Und so wie damals, als Allan begann sich zu verändern, lag das Feld auch jetzt noch da. Düster und voller untragbarer Gedanken beseelt, die einem die Luft zum Atmen rauben konnten.
Ja, es war Walter, als ob irgendjemand oder irgendetwas versuchte, die Menschen von hier fernzuhalten.
Wie konnte es sonst geschehen, dass man sich, egal ob man nun daran dachte oder es zu betrachten versuchte, so unwohl fühlte, dass man sich am liebsten ~~sich~~ übergeben hätte?
Walter hatte damals, als die ersten Gerüchte die Runde darüber machten, dass Allan sich veränderte und dass auf dem Feld etwas geschehen war, ebenso gefühlt wie jetzt. Er war einer der ersten Gewesen, die nach dem Unwetter zu dem Feld kamen; und Allan da liegen sahen.
Bleich war er gewesen, die Haare zerzaust und zerwühlt. So, als hätte er den ganzen Sturm über da draußen gelegen.
Walter begann auf der Unterlippe zu kauen, als er versuchte die Bilder nicht wieder in sich aufsteigen zu lassen. Er war damals mit zwei anderen Männern aus Hill Valley, Morgan Tuls und Goffrey Trick, hier gewesen. Und auch nur deswegen, weil Walter damals zur freiwilligen Feuerwehr von Hill Valley gehört hatte und noch heute ehrenamtlich die Organisation von Einsätzen plante und koordinierte.

Es war ihm damals unangenehm gewesen, und es war ihm auch jetzt kaum möglich, einen klaren Gedanken zu fassen.
War es noch immer da?
So wie damals, als sie Allan aufhoben und Morgan ihn geistesabwesend anstieß und auf das Feld zeigte?
Was genau hatte er damals gesehen?
Er wusste es nicht mehr.
Das, was er zu den ganzen Gerüchten sagen konnte, die in Hill Valley kursierten, war, dass sie irgendwie stimmen konnten. Und genau deswegen entsetzte es ihn auch so sehr, wieder hierher zu kommen. Das Gefühl von vorhin, einen Schlag zu bekommen, war nicht nur eine Redensart gewesen oder eine Beschreibung, um seine angegriffene Gemütslage zu beschreiben. Nein, es war eine ehrliche und ernst gemeinte Einschätzung seines seelischen Zustandes gewesen. Und so sah er den Ausflug zum Feld nicht nur als ein Abenteuer an, das ihn an Grenzen führen konnte, die er unter normalen Umständen gar nicht erleben wollte. Nein, es war vielmehr eine Reise in seine Vergangenheit, um das zu bestätigen, was er sich in seinen von Albträumen geplagten Nächten zusammen gesponnen hatte.
Das Heulen des aufkommenden Windes, und das immer lauter werdende statische Knacken der durch die Wolken rasenden Blitze, ließen ihn seine Gedanken verlieren. Sie zerfaserten wie damals, als Morgan Tuls ihn anstieß, und irgendetwas flüsternd meinte, dass Walter sich das mal ansehen sollte.
Was sollte er sich ansehen?
Und warum war er überhaupt hier im Wagen?
Sollte er nicht viel weiter weg sein? Am besten zu Hause, bei seinen beiden Katzen, den drei Hasen und dem Meerschweinchen, das er von seiner Tochter bekommen hatte,

weil sie sich in New York um das Tier nicht mehr kümmern konnte.
Oder noch weiter …
Bei Elisabeth, in New York?
Ja, das wäre am besten, wie er fand. Da bräuchte er sich keine Sorgen mehr machen. Denn dann würde er nicht in einem vollbeladenen Jeep sitzen, in dem vier Männer jeweils eine geladene Schrotflinte auf den Knien liegen hatten. Und es würde keine ehemalige Stadtmatratze mit im Jeep sitzen, deren Kinder so unangenehm stanken, dass man sie am liebsten sofort in eine Badewanne gesteckt hätte.
Matratze…
Ja, auch das würde ihm gefallen.
Plötzlich wanderten seine Gedanken hin zu einer Feier, die mehr als fünfzehn Jahre zurücklag. Eine Zeit, in der man sich noch darauf gefreut hatte, Mandy zu sehen. Nicht nur, weil sie gut aussah, sondern weil sie auch immer so anziehend und blickfangend angezogen war.
Ja, damals war sie hübsch gewesen. Dumm, okay, aber hübsch. Und jeder, der sich nur ein wenig Mühe gab, hätte es mit ihr treiben können. Klar, das eine oder andere Geschenk, der wie nebenbei hin geschobene Drink hatte die Chancen erhöht. Und genau an das Heimatfest, vor fünfzehn Jahren, musste er jetzt denken, als der Himmel so dunkel geworden war, dass Ringo die Scheinwerfer einschalten musste.
Ein Heimatfest, von dem die Alten, zu denen Walter sich eigentlich gar nicht zählte, noch heute erzählten. Es war lustig gewesen, jeder war beschwingt und ausgelassen. Selbst Lucas Smith, der wohl unbeliebteste Einwohner der Stadt, hatte mal getanzt und gesungen. Und er, Walter Kubik, hatte sein Glück bei der jetzt auf dem Rücksitz sitzenden Mandy versucht. Sie hatten sich unterhalten, und das war es, was Walter am

meisten verwirrte. Er konnte sich an jedes einzelne Wort erinnern. An jeden Satz, an alles, was sie gesagt hatte, was er mit einem Lächeln auf den Lippen von sich gab und wie er immer wieder auf ihre voluminösen Brüste gestarrt hatte. Ebenso, wie er wie beiläufig ihren Arm berührte, auf ihre langen, unter dem Rock hervorschauenden Beine starrte und sich vorstellte, wie er tastend mit den Fingern zwischen sie gleiten würde, um den rosa Schlüpfer berühren zu können, wo sich ihre …
Er unterbrach die Gedanken.
Warum war das Heimatfest präsent und das, was er auf dem Feld gesehen hatte nicht?
Demenz?
Walter musste über den Gedanken lachen. Das war lächerlich. Walter hatte die Vierzig zwar schon hinter sich gelassen und näherte sich mit großen Schritten der Fünfzig, aber vergesslich war er noch nie gewesen. Eher andersherum. Er hatte ein beinahe fotografisches Gedächtnis und konnte sich an Bauzeichnungen ebenso gut erinnern, wie an zurückliegende Ausfahrten, Urlaube oder kleinere Streitereien.
Hier aber versagte seine Gabe.
Er war wie leer.
Und als der Jeep hielt, da war es ihm, als ob ihm jemand einmal kräftig mit der Faust in den Magen geschlagen hätte.
Walter wusste, dass sie jetzt raus in die Kälte mussten, zurück in seine Vergangenheit.
Und in Mandys Zukunft.
»Was ist mit Allan passiert?«, fragte Theodor, als Walter aus dem Jeep kletterte.
Mandy gab keine Antwort.
»Was ist mit deinen Gören?«, wollte Zak wissen, der nach der Tür des Jeeps gegriffen hatte. »Wie sind sie wirklich?«

Das *wirklich* klang so drängend, so durchdringend, dass Walter niemals im Leben damit gerechnet hätte, dass Mandy es schaffte, ihren Mund zu halten. Sie schob sich, Theodor hinterher, aus dem Jeep heraus. Und wie die anderen, die in die nasse Kälte traten, zog auch sie die Schultern zum Kopf und raffte ihre billige Kleidung fester um den Körper. Aber ebenso wie den anderen, gelang es ihr auch nicht, die Kälte abzuhalten,
Jedem war es, als ob Eissplitter durch die Kleidung auf ihre Haut trafen, aber von solcher Wucht geschossen, dass man einen erschrockenen Schritt zurück machte und entsetzt dachte: *Ich bin getroffen.*
»Was ist mit den Kindern, verdammte Scheiße?«, rief Zak der schweigsam zu Ringo tretenden Mandy über den wie brüllend über sie hinweg ziehenden Sturm hinterher.
»Sag es mir, oder ...«
Zak sprach nicht weiter. Er brach ebenso ab, wie die Neugier in Walter, der ebenfalls gerne gewusst hätte, was mit den drei Jungen war, die Mandy so viel Kummer bereiteten. Denn auch er hatte in dem dunklen Sturm, der über dem Feld hing, als wäre er dort festgenagelt, den noch düsteren, unwirklich umrissenen Schatten gesehen, von dem etwas ausging, das Walter zu Boden drücken wollte.
Ja, er fühlte sich, als wäre da etwas, das eine unglaubliche, kaum zu beschreibende Macht über ihn ausübte und ihn zwingen wollte, den Blick zu senken, auf die Knie zu fallen und sich ganz still zu verhalten. Erst dachte er, in einem verzweifelten Anflug von Angst, dass es die noch immer durch die Wolken fahrenden Blitze waren, das statische Rauschen, das als Begleitmusik erscheinende Rumoren und Grollen, das aus der Tiefe der Wolken zu ihm kam. Dann aber, als er sich zwang, stehen zu bleiben, begriff er, dass es der über ihm

schwebende, von den Wolken verdeckte Schatten war, der ihn mit solch einer Wucht seiner Präsenz traf, dass ihm fast die Luft wegblieb.

»Scheiße!« murmelte er, als er sah, wie Theodor kraftlos die Arme sinken ließ und ihm dann das Gewehr aus den Händen rutschte.

Wie bei Morgan Tuls, nachdem er ~~mir~~ ihm zeigen wollte, was er bemerkt hatte.

Er war auch wie erstarrt gewesen; nicht mehr dazu in der Lage, sich zu bewegen, geschweige denn einen klaren, verständlichen Satz von sich zu geben. Denn das, was er gesehen hatte, das, was ihm damals den Verstand zu nehmen drohte, war auch jetzt wieder da.

Es schimmerten in einem undurchdringlichen, düsteren Grau, sodass Walter wie von einem Schlag getroffen zurücktaumelte und es nicht noch einmal erblicken wollte. Es nicht noch einmal erblicken konnte.

Er keuchte und war beinahe versucht, nun wirklich alles stehen und liegen zu lassen, um sein Heil in der Flucht zu suchen.

So wie damals...

Nur mit dem Unterschied, dass er heute eine entsicherte und geladene Schrotflinte in den Händen hielt und das, was auch immer Hill Valley in seinen Bann gezogen hatte, nun auslöschen konnte.

Außerdem, und das war das verwirrende an der Sache, konnte er so Mandy endlich beweisen, was für ein Kerl er war.

Ja, sie sollte sehen, was er konnte und wie er dem Bösen gegenübertrat...

...und vielleicht berührten seine Finger dann doch irgendwann einmal den rosafarbenen Schlüpfer, unter dem sich das verführerische, das hingebungsvolle und am einfachsten zu erobernde Dreieck Hill Valleys befand. Ein Gedanke, absurd und albern, aber so antreibend, als wäre er ein leer gelaufener Motor, in den man Öl nachgoss.

Walter machte den ersten Schritt nach vorne. Ringo, der vor ihm stand, schaffte es zunächst nicht, ihm zu folgen. Erst als Walter drei Schritte getan hatte, setzte sich auch Ringo in Bewegung. Er holte den davon staksenden Walter ein, ging neben ihm und murmelte etwas, das er nicht verstand.

»Wir schaffen das«, murmelte Walter und musste sich so stark konzentrieren, dass er Kopfschmerzen bekam.

»Ja«, schnaufte Ringo neben ihm.

Was Zak, Theodor oder Mandy machten, bekam er nicht mehr mit. Er wusste nur, dass er das Ziel, das er sich gesteckt hatte, nicht mehr aus den Augen verlieren durfte. Er musste das Feld erreichen. Er musste das sehen, was Morgan Tuls ihm gezeigt hatte und das ihn in Panik versetzt hatte.

Und dann der Schlüpfer…

…ja, den wollte, nein, den musste er berühren.

»Ich schaff es nicht«, rief Theodor irgendwann, ganz weit weg von ihnen, und doch so nah, dass Walter den eben noch beschworenen Mut wieder zu verlieren drohte.

»Wir gehen weiter«, murmelte Ringo und packte Walter am Arm. »Wir gehen weiter.«

»Ja«, hauchte Walter.

Er wusste schon längst nicht mehr, wo er eigentlich war.

An der Grenze des Feldes? Dicht davor? Weit weg? Irgendwo anders, wohin er gar nicht gehörte?

Wieder zuckten Blitze. Wieder war es ihm, als ob sich das über ihm schwebende Dröhnen verstärkte, und die sich vor ihm in der Dunkelheit abzeichnenden Schemen gar nicht existent waren. Dass sie nur eine Gaukelei seiner völlig überreizten und überspannten Nerven waren.

Dass da aber etwas stand, umgeben von niedergewalzten und zertretenen Maispflanzen, war Walter bewusst.
Er schaffte es nur nicht zu sagen was es war.
Konturen! Verschoben und verschwommen, gerade so, als hätte ein Maler mit seinem Pinsel einen falschen Strich gesetzt. Ja, da war etwas… Irgendetwas… Arme und Beine glaubte er zu erkennen, auch die schemenhaften Umrisse eines unförmigen, in die Höhe ragenden Kopfes. Natürlich wusste er, dass alle Köpfe irgendwie in die Höhe ragten. Der aber, den seine tränenden Augen zu erkennen glaubten, lief viel zu spitz zu. Er war nicht vergleichbar mit etwas, das Walter kannte.
»George?«, rief Ringo, der sich gegen den immer stärker blasenden Wind stemmte. »Bist du das?«
»George?«, fragte Walter verwirrt und schüttelte den Kopf, um sich zu einem weiteren Schritt zu zwingen. »Mike!«
Der kleine Junge, der sich, als hätte jemand einen Vorhang von einem Fenster aufgezogen, um das Licht einzulassen, aus der Dunkelheit schälte, stand wie versteinert da. Der Blick war leer, der Mund geöffnet, um das ohnehin schwer fallende Luftholen zu erleichtern.
»Junge«, sagte Ringo, als er auf die Knie fiel, den schmächtigen, schmalen Körper an sich presste, als hätte er ein lange vermisstes Kind endlich wieder gefunden. »Deine Mutter wartet.«
Der Junge starrte noch immer wie geistesabwesend, um sich dann, als Ringo ihn sanft von sich schob, umzudrehen und auf das Feld zu laufen.
»Bleib doch hier«, murmelte Walter, der nicht begreifen konnte, was er hier gerade gesehen hatte.
Er war sich nicht sicher, und auch nicht hundertprozentig überzeugt davon, aber in den Augen des Jungen hatte etwas zu

lesen gestanden, das Walter nicht lesen wollte. Ein ihm unbekannter, heißer Schauer durchzuckte ihn und ließ ihn glauben, jegliche Kontrolle über sämtliche Körperöffnungen zu verlieren.

Die Augen Mikes, meistens getrübt von Schwäche und Medikamenten, hatten in einem violetten Schimmer geleuchtet, in denen ein Versprechen gestanden hatte. Ein Versprechen, das Walter zusammenzucken ließ, da er es schon einmal gelesen hatte.

Damals…

…mit Morgan Tuls zusammen.

Walter wollte die Hand heben, um den Mike nachsetzenden Ringo davon abzuhalten, auf das Feld zu laufen, jedoch ohne dass es ihm gelang. Die Erkenntnis, dass Mike ebenso schaute, wie…

…wie…

…wie…

Walter kam nicht dazu, seinen Gedanken weiter zudenken. Er stieß wieder gegen eine Barriere und musste hilflos dastehend mit ansehen, wie Ringo zwischen den abgeknickten Maispflanzen verschwand.

»Bleib«, wollte er noch murmeln, um sich dann selbst einen Ruck zu geben.

Er musste Ringo davon abhalten, Mike nachzusetzen. Ringo durfte den Kreis nicht betreten, von dem all das Übel ausging, das Hill Valley ergriffen hatte.

»Ringo«, sagte Walter und sprang mehr, als dass er lief.

Und als er die unsichtbare Barriere überwunden hatte, von der all die ängstlichen Gedanken und Empfindungen auszugehen schienen, da war es ihm, als ob sich plötzlich alles veränderte. Der Sturm tobe noch immer über ihm, ohne dabei aber so laut zu sein wie zuvor. Ebenso war das immerwährende statische

Rauschen soweit zurückgegangen, dass man meinen konnte, es sei gar nicht mehr da.

Und als ob ein Kameramann eine Vollperspektive auf einen kleinen Punkt zusammenzog, kam sich auch Walter vor. Er fokussierte seine Blicke nur noch auf den vor ihm laufenden Ringo, der immer wieder den Namen des kleinen Mike rief.

Der aber hörte nicht auf Ringo.

Er lief weiter und stieß schrille, unnatürliche Laute aus. Laute, die in einem Frequenzbereich lagen und an die Schreie von Fledermäusen erinnerten, die Wissenschaftler mit komplizierten technischen Geräten hörbar machten.

Und dann, als Walter vorwärts taumelte, beinahe schon zu Ringo aufgeschlossen hatte, begriff er, was die Rufe bedeuteten. Hatte er eben noch gedacht, der Junge orientierte sich, zu seiner Verwunderung schnell und als wäre er nicht krank, mit seinen Schreien; so begriff Walter, dass es in Wirklichkeit Hilferufe waren.

»Ringo«, rief er, um seinen Freund zu warnen.

Der aber hörte nicht. Er setzte dem Jungen nach, strich Blätter und Kolben beiseite und blieb dann, abrupt, stehen.

»Ringo«, keuchte Walter und hatte eigentlich gehofft, dass der Storebesitzer seinetwegen stehen geblieben war.

Doch Walter hatte sich getäuscht.

Ringo war nicht seinetwegen stehen geblieben. Nein... Ringo hatte seinen Lauf beendet, weil er das sah, was Walter niemals wieder in seinem Leben hatte sehen wollen.

Der verfluchte, niedergewalzte Kreis.

Ein Kreis, wie er schon hunderte Male auf der Welt gesehen worden war und die Menschen vor Rätsel stellte.

Hier aber, in Hill Valley, hatte der Kreis alles verändert.

Und wie damals, als Morgan Tuls ihn mit einer erschlafft wirkenden Handbewegung auf das aufmerksam machte, was sich da im Kreis niedergelassen hatte, war es Walter auch jetzt, als würde ihm der Schrecken das Herz zum Stehen bringen. Er prallte zurück, als wäre er gegen eine Wand gelaufen. Seine Augen weiteten sich und das schon von Panik ergriffene Gehirn verweigerte ihm die weitere Aufnahme der gleichen Informationen.

Er spürte, wie ihn ein Schlag traf.

Wie sich alles in ihm verkrampfte und er alles nur noch schemenhaft wahrnahm. Und während er zu Boden ging, da sah er, dass Ringo das Gewehr hob.

»Lass die Kinder in Ruhe, Allan«, hörte er Ringo rufen.

Wieder klang ein solch schriller, das Trommelfell zerreißender Schrei auf, der Walter dazu trieb, die Hände gegen die Ohren zu pressen.

Aber das, was ihn am meisten verwirrte, war der unerträgliche, der sich in die Nase fressende Geruch. Ein Geruch, so dumpf und abgestanden, dass er ihn würgen ließ.

Walter glaubte, sich nicht mehr kontrollieren zu können. Er merkte, wie sich sein Magen umzudrehen begann und er nicht mehr lange an sich halten konnte. Es war unbegreiflich, aber das, was er hier roch, war tausendmal schlimmer als das, was er bei Nora und Mia gerochen hatte. Es war so penetrant, dass er nicht nur gegen einen rebellierenden Magen, sondern auch gegen eine in ihm emporsteigende Ohnmacht kämpfen musste. Und in all dem inneren Chaos hörte er wieder die schneidende Stimme Ringos, der rief: »Was soll die Scheiße, Allan?«

Hinzu kam jetzt noch, dass der über sie tobende Sturm plötzlich zu brüllen begann. Etwas ereignete sich im Inneren der schwarzen Wolken. Was es war, das wusste Walter nicht. Er begriff nicht, was die Zunahme des statischen Rauschens bedeute. Er hörte nur, wie etwas mechanisch angetrieben

wurde. Ein hohler, ein maschinell betriebener Ton, der mit der Zunahme von Wind einherging.
»Lass die Kinder in Ruhe«, rief Ringo noch einmal.
In diesem Moment klang der dumpf abgegebene Schuss der Schrotflinte wie ein Rohrkrepierer. Während Walter auf den Schmerzensschrei von Ringo wartete, oder wenigstens damit rechnete, dass er zu Boden stürzte, geschah nichts. Und Walter, der den penetranten Geruch zu ertragen versuchte, wälzte sich auf den Rücken und sah, durch Wind und Sturm, Dunkelheit und Schwärze, wie Allan von dem Schuss getroffen zurücktaumelte. Verwirrt schaute er auf das in seiner Brust entstandene Loch. Allan schluckte. Sein unförmiger, spitz zulaufender Kopf begann zu vibrieren und das violette Schimmern in seinen Augen erlosch. Allan stand noch da, zitterte, hob die Hand zur Wunde in seiner Brust und ging schließlich rücklings zu Boden.
Das aber, was Walter nicht begriff war, dass sich irgendetwas aus Allan zu lösen begann.
Eine unförmige, graue Masse, die, wie es schien, in der Luft schwebte und auf den zurückweichenden Ringo zuschoss. Der hob noch die Hände, schrie vor Angst und wurde dann voll getroffen.
Es war, als ob sein Kopf kurz in der Masse verschwand... um dann wieder frei zu sein...
Walter keuchte. Und schrie vor Angst, als ihn Hände am Kragen seiner Jacke packten, ihn in die Höhe zerrten. Er wusste nicht, was das bedeuten sollte, wusste nicht, wer hier so viel Kraft haben konnte, um ihn anzuheben. Das aber, was er begriff, als er auf wackelig stehenden Beinen stand, war, dass ihn violette schimmernde Augen anstarrten...

*

»Er hat viel gegessen?«, echote Lucas Smith, nachdem er sich wieder einmal mit dem Taschentuch über die schweißnasse Stirn gewischt hatte.
»Immer wieder«, nickte ihm Mia zu, die sich auf einen der Hocker gesetzt hatte und unablässig ihre Beine vor und zurück wippen ließ.
»Was…?« Lucas traute sich nicht weiter zu fragen. Denn das, was die Kinder ihm abwechselnd, in einer stoischen Ruhe, erzählt hatten, ließ ihn jetzt noch schaudern. Sie ließen ihn glauben, einen schlechten Film zu sehen. Aber jede seiner Fragen war mit einer plausiblen Erklärung beantwortet worden.
Und jetzt, wo er erfahren hatte, dass Allan sich nur um die Brüder gekümmert hatte und sie sich nach und nach verändert hatten sowie ebenfalls einen unkontrollierbaren Hunger entwickelt hatten, wollte er wissen, was die Brut da draußen auf der Farm alles verschlungen hatte. Und doch traute er sich nicht, die Frage zu stellen.
Er wollte und konnte nicht mehr erfahren.
Schweißüberströmt ließ er sich gegen den Tresen fallen und spielte nicht zum ersten Mal mit dem Gedanken, sich einen Whisky zu nehmen und ihn zu trinken.
»Warum?«, begann er wieder und brach doch ab.
»Was denn?«, wollte Nora wissen, die nach einer Chipstüte gegriffen hatte.
»Warum…? Warum habt ihr euch nicht…?« Lucas konnte die Frage einfach nicht stellen. Es war zu pervers, zu abgedroschen, um Kinder mit ihrem eigenen Schicksal zu konfrontieren. Er wollte nicht schuld daran sein, dass sich bei ihnen psychische Störungen manifestierten, und sie ihr Leben lang verfolgten.

Nein, das wollte er nicht.

Das konnte er nicht.

Und doch setzte ihm die Ungewissheit zu. Deswegen war er froh, als Nora ihm antwortete, nachdem sie die Chipstüte geöffnet und gierig hineingegriffen hatte: »Papa hat mir gesagt, dass wir nicht sein Fleisch und Blut sind.«

»Nicht sein Fleisch und Blut«, keuchte Lucas.

»Er kann uns nicht gebrauchen.«

»Nicht gebrauchen«, flüsterte Lucas und warf einen Blick hinaus, in die in völliger Dunkelheit liegende Stadt. »Was meinte er damit?«

Die Zwillinge zuckten synchron mit den Schultern. »Wissen wir nicht.«

»Warum seid ihr nicht weggelaufen?«, fragte Lucas.

»Das wollte Papa nicht.«

»Was wollte er denn dann?«

Mia blinzelte verwirrt und schien nicht zu verstehen, was Lucas mit seiner Frage bezwecken wollte.

Es interessiert sie nicht, dachte Lucas bei sich und war einerseits erleichtert, dass sie das unvorstellbare Geschehen zu Hause nicht erfassen konnten. Sie waren zu klein, um zu begreifen, dass sie in irgendeiner Gefahr geschwebt hatten, die vor ihren Brüdern keinen Halt gemacht hatte. Und jetzt, als der fette, schwitzende Lucas Smith vor ihnen stand, verstanden sie ebenfalls nicht, warum er ihnen so dermaßen blöde Fragen stellte.

»Was wollte er denn dann?«, wiederholte Lucas seine drängende Frage und zuckte zusammen, als die Tür zum Store aufgestoßen wurde.

Kreischend drang der Wind ein, wirbelte die auf dem Boden liegenden Papierschnipsel auf.

»Ringo«, keuchte er erleichtert, als er den Storebesitzer sah, der ihn nicht beachtete. Seine getrübten Blicke waren auf die Zwillinge gerichtet.

»Wo sind die anderen, Ringo?«, fragte Lucas. Seine Stimme zitterte, als er sah, wie Ringo ihn mit aus zusammengekniffenen Augen betrachtete, und eine Handbewegung machte, die Lucas erst verwirrte, dann erschreckte.

Denn woher der plötzlich an seiner Kehle entstandene Druck herkam, konnte er nicht sagen.

Dass ihm die Luft wegblieb, schon.

Und während er zurücktaumelte, mit den Ellenbogen die auf dem Tresen stehende Whiskyflasche umstieß, da sah er, wie Ringo in die Knie ging.

Er breitete die Arme aus und ignorierte den keuchenden Lucas. Der hatte den Kragen seiner Jacke geöffnet und nestelte in hektischen Bewegungen an seinem darunter liegenden Hemd, um den Kragen zu öffnen. Es gelang ihm nicht. Er sackte in sich zusammen und schlug dann mit einem dumpfen, polternden Laut zu Boden. Regungslos blieb er liegen und merkte, während seine Gedanken sich vernebelten, seine Verwirrung. Ja, es verwirrte ihn, während er keuchend nach Luft schnappte, dass er hören musste, wie Ringo mit einer fremd klingenden, zweimelodischen Stimme sagte: »Kommt zu Papa!«

Ende